LIVRE

DU

GRAND ORACLE

AVEC LE JEU EXPLICATIF

COMPOSÉ DE 55 CARTES

PARIS

CHEZ GUSTAVE ARNOULT

24, RUE DES FOSSÉS-SAINT-VICTOR

1858

V

LE GRAND ORACLE

DANS LE MÊME MAGASIN, L'ON TROUVE :

Le Grand Etteilla ou **Tarot Égyptien.**

Le Petit Etteilla.

Le Petit Oracle des Dames.

Le Petit Sorcier.

Le Tarot Allemand.

Le Tarot Italien.

Et généralement tout ce qui a rapport à la Cartomancie.

Paris. — Typographie de Gaittet, rue Gît-le-Cœur, 7.

LIVRE

DU

GRAND ORACLE

AVEC LE JEU EXPLICATIF

COMPOSÉ DE 55 CARTES

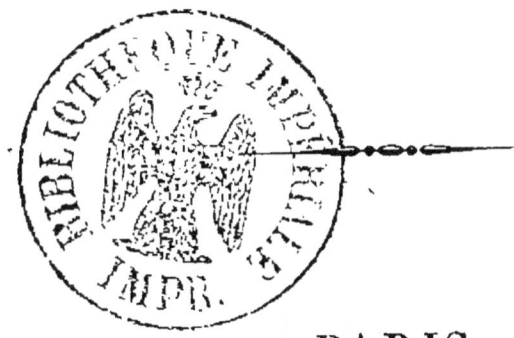

PARIS

CHEZ GUSTAVE ARNOULT

24, RUE DES FOSSÉS-SAINT-VICTOR

——

1858

LIVRE

DU

GRAND ORACLE

1.

ROI DE TRÈFLE.

Homme de savoir et de grande sagacité, capable de donner des avis sages et judicieux.

Grand sujet.

Phinée, roi de Thrace, aveugle par punition, assis à une table et prenant son repas; d'un côté, les harpies lui salissent ses viandes; d'un autre côté, il donne aux Argonautes des conseils sur le chemin qu'il doivent parcourir pour aller en Colchide.

Suivre en tous points les conseils d'un vieillard que vous aurez besoin de consulter.

Sujet de droite.

Deux groupes de roches, une colombe en deçà.

Défiance et précaution à prendre pour un voyage.

'Sujet de gauche.

Deux groupes de roches, une colonne au-delà.

Sécurité sur l'entreprise d'un voyage.

Fleurs.

Plumbago, basilic, pavot.

L'entreprise que vous êtes sur le point de faire est chanceuse, mais il y a richesse et gloire, et, en prenant des précautions et les conseils d'un homme sage, vous réussirez.

2.

DAME DE TRÈFLE.

Femme aimable, généreuse, serviable, ai
mant le plaisir et insouciante.

Grand sujet.

Les trois Hespérides gardant l'arbre aux pommes d'or.

Femme de caractère léger, d'existence pro-
blématique, poétique, artistique, aimant la va-
riété, les jeux, la musique et la toilette.

Sujet de droite.

Femme debout : femme de bonne compagnie, aux manières aisées, qui plaît par son
esprit, et dont la société est recherchée.

Sujet de gauche.

Une panthère devant une glace.
Femme prodigue, dissolue.

Fleurs.

Organes sexuels, chèvrefeuille, rose des quatre saisons.

Vous recherchez avec ardeur la société des femmes dont le choix est difficile à faire; prenez garde, vous êtes menacé d'un attachement qui vous perdrait.

3.

VALET DE TRÈFLE.

Jeune homme galant auprès des dames, adroit, persistant, employant tous les moyens pour arriver à son but.

Grand sujet.

Hypomène, courant avec Atalante, laisse tomber des pommes d'or, afin de l'amuser dans sa course et d'arriver le premier au but.

Vous ne pourrez arriver qu'en usant d'adresse et d'artifices.

Sujet de droite.

Vieillard près d'une jeune fille, lui faisant de belles promesses.

Vous n'obtiendrez l'objet de vos désirs que par l'intérêt.

Sujet de gauche.

Le char de Vénus traîné par des moineaux.

Vous poursuivez une idée qui vous tourmente, mettez en œuvre l'art et la séduction.

Fleurs.

Œillet panaché, anagalis, menis permum.

Quelle que soit votre position, ce n'est qu'après beaucoup de peine et en usant de moyens artificieux que vous arriverez à votre but.

4.

DIX DE TRÈFLE.

Réussite dans une entreprise hasardée.

Grand sujet.

Ulysse et Diomède emmènent les beaux chevaux blancs de Rhesus, à travers un camp ennemi, ils marchent sur les morts. Talisman de Mars.

Grand courage qui vous portera à exposer votre vie pour ôter un degré de force à votre ennemi. Aidé du talisman de Mars, vous serez invulnérable.

Sujet de droite.

Patrocle vient d'être blessé par Hector; il chancelle.

Revers au milieu du succès.

Sujet de gauche.

Une branche de vigne avec plusieurs raisins.
Après le succès vous aurez encore · besoin d'adresse et de force.

Fleurs.

Bronclia, rassella, nicotiana.
Dans cette extrémité, le courage et la présence d'esprit sont nécessaires.

5.

NEUF DE TRÈFLE.

Cette carte annonce au commerçant un succès; s'il est marié, il deviendra veuf avant le temps; l'homme sans état et sans fortune, s'il est souple et habile, gagnera de l'argent à servir la vengeance et les caprices des grands.

Grand sujet.

L'écrevisse envoyée par Junon pour piquer Hercule au talon, dans le temps qu'il tuait l'hydre de Lerne.

Messager intéressé.

Sujet de droite.

Juif comptant des écus.

Emprunt à gros intérêts.

Sujet de gauche.

Asiatique vendant des dattes.
Réussite, profit.

Fleurs.

Anthoseros, helleborus, trèfle rouge.

Cette carte vous prédit plusieurs catastrophes au milieu d'un certain succès; vous apprendrez à vos dépens que le bonheur n'est pas toujours constant.

6.

HUIT DE TRÈFLE.

Mariage.

Grand sujet.

L'artiste entre deux lampes philosophiques, indiquant le mélange du fixe et du volatil, ou le mariage de Boya et de Gabertin.
Vous désirez la réalisation d'un mariage, il s'accomplira.

Sujet de droite.

Le fixe et le volatil restent éloignés.
Votre ménage sera désuni.

Sujet de gauche.

Mélange du fixe et du volatil.
Vous serez heureux en ménage.

Fleurs.

Organes sexuels.

Avec de la raison et de la justice, vous connaîtrez le premier mois de votre mariage ce qu'il faut faire pour être heureux. Mais gardez-vous de manquer des qualités susdites.

7.

SEPT DE TRÈLE.

Artiste, poëte ou musicien, séduisant les belles par ses talents, sa voix et son esprit.

Grand sujet.

Le Dieu Pan, pour se soustraire au géant qui cherche à escalader le ciel, se change en capricorne.

La personne accompagnée de cette carte doit se défier d'un séducteur.

Sujet de droite.

Artisan tenant en ses mains un objet en forme de mécanique.

Génie inventif qui saura amasser de la renommée, mais peu de richesses.

Sujet de gauche.

Un fourneau d'où il sort des étincelles.
Promesses trompeuses de présents et de richesses.

Fleurs.

Castanea, salix, rose de Chine.
Cette carte n'est bonne que pour les personnes qui aiment le plaisir, les fêtes et les repas immodérés.

8.

SIX DE TRÈFLE.

Fausse reconciliation de deux ennemis.

Grand sujet.

Pâris et Ménélas sur le point de se battre en combat singulier; deux agneaux blancs sont préparés pour être sacrifiés en action de grâce.

Vous êtes sur le point de vider une querelle, ou d'expliquer un mécontentement, ou d'éclaircir une affaire embrouillée; aucune de ces choses ne s'exécutera.

Sujet de droite.

Enlèvement du Palladium, talisman du soleil.

Vous acquerrez un degré de force de plus pour atteindre le but que vous vous proposez ; si vous prenez le talisman du soleil pour égide, vous arriverez aux honneurs,

Sujet de gauche.

Achille pince de la lyre.
Oubli de soi-même, ennui, chagrin; folie.

Fleurs.

Taxus, rhus, géranium.
Rien né se passera comme vous l'espérez, celui-là seul qui saura le mieux se faire aimer arrivera aux dépens de l'autre.

9.

CINQ DE TRÊFLE.

Cette carte annonce qu'un homme abusera de la confiance de son ami, en lui prenant ce qu'il a de plus cher.

Grand sujet.

Fuite de Pâris avec Hélène femme de Ménélas.

Mauvaise action faite dans l'intérieur d'une famille. Abus de confiance.

Sujet de droite.

Agamemnon et Ménélas.

Préparatifs de vengeance; famille concertant une punition sévère.

Sujet de gauche.

Hélène seule, triste, implorant les Dieux.
Femme repentante.

Fleurs.

Organes sexuels, gallium, tilia.

L'action que vous méditez est lâche, vous n'en aurez que de la honte et des remords, ne l'exécutez pas, s'il en est temps encore.

10.

QUATRE DE TRÈFLE.

Femme vaniteuse, bruyante, emportée, qui n'est plus très-jeune, mais qui est encore belle et possède quelques biens en terres et maisons.

Grand sujet.

La lampe philosophique au-dessus de laquelle est l'écuelle qui contient l'œuf renfermant la matière en dissolution. L'artiste écoute.

Homme subordonné aux caprices d'une femme.

Sujet de droite.

Une grisette recevant la visite d'un homme. Femme à plaisir, coquette.

Sujet de gauche.

Une jeune femme écrivant.
Femme savante ayant plus de renommée que
de vrai mérite.

Fleurs.

Giroflée rouge, mesenbryenthem, theobrama.
Vous êtes averti par cette carte que votre
choix n'est pas en rapport avec votre caractère.

11.

TROIS DE TRÈFLE.

Heureuse surprise dans un moment de peine.

Grand sujet.

La lampe philosophique, au-dessus de laquelle est l'écuelle qui contient l'œuf renfermant la matière qui commence à se dissoudre, L'artiste, un genou à terre, en examine les progrès.

Cet état de la matière est le symbole d'une existence mixte, laborieuse, qui sera bientôt dans l'abondance.

Sujet de droite.

Martea déesse des héritages.

Changement de position, héritage.

Sujet de gauche.

Les trois pourvoyeuses, filles du prêtre Anius.
Bonne providence.

Fleurs.

Lilas blanc, saule, suponaria.
Cette carte est parfaitement bonne, à la peine succédera la joie.

12.

DEUX DE TRÈFLE.

Il vous viendra de l'or ou par héritage, ou par don.

Grand sujet.

Les Déesses puisent de l'or dans le Pactole. Dans une circonstance inattendue vous ferez connaissance d'un homme qui mettra à votre disposition beaucoup d'or.

Sujet de droite.

Un rocher au bas duquel est un oiseau qui essaye vainement de voler au haut. —Richesse sans nom et sans titre.

Sujet de gauche.

Un rocher au-dessus duquel est un oiseau.
Richesse avec nom, titres et renommée.

Fleurs.

Blé, melia, statice.
Les agréments ou les talents de votre personne vous mettront à même de faire une fortune considérable.

13.

AS DE TRÈFLE.

Fortune et gloire gagnées à une affaire commerciale, non ordinaire.

Grand sujet.

Forêt dans laquelle est suspendue la toison d'or, Jason se battant, pour la prendre, contre des hommes armés.
Réussite complète.

Sujet de droite.

Bal, réjouissance.
Au milieu de l'opulence, des plaisirs, mécontentement et contrainte.

3

Sujet de gauche.

Jason et Médée sur un vaisseau.
Retour d'un voyage.

Fleurs.

Tremella, marguerite, clochette.
Cette carte indique une réussite complète,
mais on aura à lutter contre une femme jalouse
si l'on n'a pas le soin de la fuir.

14.

ROI DE COEUR.

Un homme riche et sage vous obligera si vous suivez en tout point son exemple et ses conseils.

Grand sujet.

Un vieillard méditant; un sablier est à côté de lui.

Prudence et sagesse en toutes démarches, demandes ou entreprises de la vie.

Sujet de droite.

Un pupitre sur lequel est une bible.

Vie paisible, toute de bienfaisance et de religion.

Sujet de gauche.

Un pupitre sur lequel est le livre des lois de Solon.

Esprit éclairé, savant, profond.

Fleurs.

Muguet, guimauve, cerise, feuilles et fruits.

Cette carte assure au consultant un bonheur inattendu' s'il suit la pente naturelle de l'homme de bien.

15.

DAME DE COEUR.

Femme d'une douceur extrême, excellente de cœur, de laquelle vous recevrez de grands services.

Grand sujet.

Jupiter indiquant du doigt à Astrée la place qu'elle doit occuper au ciel.

Vous avez besoin de protection contre la faiblesse, bien que la pureté de votre cœur et l'élévation de votre âme soient susceptibles de vous garantir; mois prenez soin de fuir les mauvaises compagnies.

Sujet de droite.

Une jeune fille devant un orgue.

De bonnes inspirations vous mettront sous une protection sage; vous irez au bien.

Sujet de gauche,

Une religieuse considérant un oiseau de paradis.

Femme vertueuse, que rien ne saurait détourner de ses devoirs.

Fleurs.

Cistus, papaver, lilas varin.

Il y a dans cette carte une lutte de jeune fille entre le choix d'une société frivole et celui des gens pleins de sagesse.

16.

VALET DE COEUR.

On fera la connaissance d'un jeune homme avec lequel on se liera et dont on recevra des services.

Grand sujet.

Jupiter, avec une tête de bélier, indique au dieu Bacchus une fontaine où il peut se désaltérer.

Homme embarrassé dans ses affaires, cherchant partout quelqu'un qui puisse l'obliger.

Sujet de droite.

Une corne d'abondance.
Si c'est un homme, il recevra un grand se-

cours de jeunes mariés. Si c'est une femme, avec de l'adresse, elle épousera un jeune homme sur lequel elle était loin de compter.

Sujet de gauche.

Un flambeau allumé, environné de papillons.

Dans une société où vous serez invité, et où vous rendez avec le dessein de profiter de l'occasion pour sortir de vos embarras, on vous fera des promesses qui n'auront jamais leur exécution.

Fleurs.

Fulchia, lemma, ivraie.

Dans cette carte, il y a crainte et défiance : une femme pourra bien perdre le cœur de son mari ; elle saura découvrir sa rivale ; elle aura tout en abondance, mais elle conquerra difficilement l'amour de son époux.

17.

DIX DE COEUR.

Jeune fille candide et sans volonté.

Grand sujet.

L'artiste, les bras croisés, considère la matière fixée gris-clair et dont le commencement de blancheur s'annonce par une petite couronne blanche.

Un homme considère avec ravissement les grâces et le mérite d'une femme.

Sujet de droite.

Jeune fille brodant.

On recherche une jeune fille laborieuse et de famille honnête.

Sujet de gauche.

Jeune fille touchant du piano.

On recherche une riche héritière ne s'occupant que d'arts d'agréments.

Fleurs.

Violette, seringa, rose de mai.

Deux grandes difficultés existent pour obtenir la personne que vous recherchez : plaire à la mère et à la famille.

18.

NEUF DE COEUR.

Dans n'importe quelle position on aura le respect et l'amitié de tout le monde.

Grand sujet.

Hercule étouffant le lion de la forêt de Némée.

Homme utile, courageux, s'exposant à tous les dangers pour la tranquillité de son pays.

Sujet de droite.

Napoléon donne la croix à un grenadier.
Bravoure, mérite récompensé.

Sujet de gauche.

Un maire couronne une rosière.

Jeune fille courageuse et sage, que chacun protége et respecte.

Fleurs.

Lilas, arum, immortelle.

Cette carte est le symbole du vrai mérite et de la force; en aucun cas elle ne peut être mauvaise.

19.

HUIT DE COEUR.

Joie secrète, réussite sur une chose désirée depuis longtemps.

Grand sujet.

Un étang entouré d'herbages, au-dessus duquel on voit un aigle enlevant un crapaud.

Perte ou éloignement d'une personne de votre connaissance ou de votre famille, qui vous était nuisible.

Sujet de droite.

Une femme devant une tombe.

Vous avez une rivale, mais bientôt vous ne l'aurez plus.

4

Sujet de gauche.

Un tombeau, une flamme voltigeant au-dessus.

Héritage de petite importance.

Fleurs.

Saule daphné, coltha, bucida.

Cette carte indique l'éloignement ou la perte d'une personne qui vous était nuisible.

20.

SEPT DE COEUR.

Amitié d'une femme qui vous est secrètement dévouée; cependant, vous apprendrez, par un autre, qu'elle épouse un de vos amis!

Grand sujet.

La lampe philosophique au-dessus de laquelle est l'écuelle qui contient l'œuf renfermant la pierre. L'artiste introduit le dissolvant.

La pierre, arrivée à ce degré, représente l'entrée et la sortie, indique les visites de toutes sortes.

Sujet de droite.

Un postillon apportant un paquet.

Vous recevrez une visite qui vous rendra
cureux.

Sujet de gauche.

Un facteur apportant une lettre.
Visite désagréable, nouvelles pénibles.

Fleurs.

Dahlia, belle de jour, perce-neige.
Cette carte est très-importante; elle com-
mande de se maîtriser et d'être discret sur les
nouvelles bonnes ou mauvaises que l'on reçoit.

21.

SIX DE COEUR.

Noblesse, honneur, emplois élevés.

Grand sujet.

L'artiste assis regarde avec satisfaction la pierre devenue or.

Cet état de la pierre devenue or est le symbole d'une longue carrière parcourue avec bonheur.

Sujet de droite.

Un homme âgé déposant aux pieds d'une jeune fille sa fortune et ses titres.

Jeune femme sollicitée par un seigneur.

Sujet de gauche.

Une femme âgée et riche près de laquelle est un jeune homme.

Proposition de mariage.

Fleurs.

Lierre enveloppant un lis sans fleur, rose de France, sauge fleurie.

Cette carte indique les bizarreries, les contrastes, que l'or, la grandeur, la coquetterie font commettre. Une jeune femme seule y trouvera son compte.

22.

CINQ DE COEUR.

Un homme d'État recevra des propositions par l'entremise d'envoyés extraordinaires.

Grand sujet.

Deux gentilshommes, de nations différentes, admis devant le roi.

Grands personnages de nations étrangères venant traiter les affaires de leur pays.

Sujet de droite.

Un oranger avec ses fruits.

Homme d'État fidèle, mais rusé et adroit.

Sujet de gauche.

Un faucon enchaîné.
Perte de liberté.

Fleurs.

Verathrum, lichen, rumex.
Tout homme représentant les intérêts de son
roi, d'un peuple, d'un pays et même de la religion, est menacé ici d'être trahi.

23.

QUATRE DE COEUR.

Conseils pernicieux.

Grand sujet.

Deux dauphins passant l'Euphrate, Vénus et l'Amour sur leur dos.
Fuite du toit paternel.

Sujet de droite.

Une sentinelle devant un vaisseau.
Fuir la société de personnes capables de donner des exemples pernicieux.

Sujet de gauche.

Un homme entre deux femmes, donnant à une d'elles une lettre à la dérobée.

Le premier résultat de mauvais conseils est
la brouille d'un ménage.

Fleurs.

Cartanus défleuri, potamogeton scirpus ef-
feuillé.

Cette carte indique à la jeune fille angoisses
et remords sans fin.

24

TROIS DE COEUR.

Homme de génie.

Grand sujet.

Cynocéphale, dans une forêt, tenant dans une main un rouleau de papier, et de l'autre traçant des caractères sur la terre avec un bâton.

Invention, travail de tête.

Sujet de droite.

Chevalier devant qui brûle une branche de laurier.

Homme de génie devant lequel tout s'incline.

Sujet de gauche.

Jeune homme triste regardant un cadran solaire dont l'aiguille est cachée par l'ombre.

Génie méconnu, souffrant de l'injustice de ses rivaux.

Fleurs.

Sureau, cipurus, laurier.

Cette carte donne à l'homme dont le génie est méconnu une occasion de briller, et, s'il a des ennemis, ils ne seront bientôt plus à craindre.

25.

DEUX DE COEUR.

Homme intègre, désintéressé.

Grand sujet.

Une pelouse encadrée en partie dans un bois, une compagnie de perdrix arrêtée par un chien.

Intendant, fonctionnaire probe, juste, loyal, esclave de sa parole.

Sujet de droite.

Un jet d'eau entouré de verdure.

Vous êtes entouré de flatteurs; votre intégrité chancelle.

Sujet de gauche.

Ermite assis à l'entrée de sa cabane.

Aucune basse flatterie n'aura d'écho dans votre esprit.

Fleurs.

Violette double, jacinthe panachée.

Cette carte favorise l'homme de bien; mais malheur à lui si la grandeur lui fait oublier la justice; alors elle prédit une chute terrible.

26.

AS DE COEUR.

Parenté.

Grand sujet.

Danaüs et ses filles.
Famille.

Sujet de droite.

Une église où l'on prie.
Famille unie, protection.

Sujet de gauche.

Cassolette dans laquelle brûlent des parfums.

Famille de mœurs équivoques, désunion, so·
ciété dangereuse à fréquenter.

Fleurs.

Buxus, musa, bouton de rose à moitié ou—
vert.

Si vous ne savez discerner les personnes que
vous fréquentez, vous commettrez des fautes
qui nuiront à votre avenir.

27.

ROI DE CARREAU.

Homme serviable, sans façon, brave, franc, qu'il faut ménager.

Grand sujet.

Cadmus offre à Minerve un vase portant cette inscription : L'île de Rhodes doit être dévastée par des serpents.

Service signalé d'un inconnu.

Sujet de droite.

Une corneille sur un arbre laisse tomber des fruits qu'une truie mange.

Service d'un plus petit que soi.

Sujet de gauche.

Une femme tient sur son doigt un scarabée les ailes déployées.

Service en échange de faveurs.

Fleurs.

Oranger fleurs et fruits, rosier thé, pied d'alouette.

Vous recevrez des présents ou des services appropriés à vos besoins.

28.

DAME DE CARREAU.

Femme médisante, méchante, ne trouvant du plaisir qu'à faire le mal.

Grand sujet.

Les dieux et les déesses assistant aux noces de Pelée et de Thétis. La Discorde entre pendant qu'ils sont à table, jette une pomme sur laquelle est écrit : A la plus belle.

Evénement qui causera des débats entre plusieurs dames.

Sujet de droite.

Pâris présentant une pomme à Vénus.
Femme heureuse d'obtenir une préférence.

Sujet de gauche.

Un serpent dévorant des oiseaux dans leur nid.

Menace de vengeance.

Fleurs.

Ballote, géranium, jonquille.

Cette carte est mauvaise par les méchancetés que l'envie et la vengeance préparent.

29.

VALET DE CARREAU.

Jeune homme rusé et adroit chargé d'un message important.

Grand sujet.

Ulysse pénètre à la cour de Lycomède, déguisé en marchand, pour y découvrir Achille, qui s'y tient caché sous des habits de femme.

Découverte utile pour une entreprise que vous voulez faire.

Sujet de droite.

Un bataillon de soldats sous les armes.
Forces supérieures.

Sujet de gauche.

Junon dans un nuage.
Courage ! les secours ne vous manqueront
pas.

Fleurs.

Dodartia, balsamine, gobéat.
Cette carte indique le triomphe de la ruse et
de l'adresse, aidées par une protection puissante.

30.

DIX DE CARREAU.

Conseils insidieux, projets de voyage.

Grand sujet.

Palais vaste et somptueux dans lequel on voit Pélias donnant des conseils à Jason.

Jeune homme écoutant des conseils avec joie et sans défiance.

Sujet de droite.

L'architecte Argus trace le dessin du navire Argo.

Préparatifs de voyage.

Sujet de gauche.

Chêne parlant de la forêt de Dodone; Jason écoute.

Jeune homme épouvanté des projets qu'il médite.

Fleurs.

Barega, œillet rouge, tulipe.

Proposition dictée par la perfidie; cependant en écoutant des conseils sages et judicieux, vous pourrez réussir.

31.

NEUF DE CARREAU.

Démarches, inquiétudes, préparatifs de dé-
part pour un voyage éloigné.

Grand sujet.

Les Argonautes s'embarquent pour la Colchide, sur le navire Argo.
Voyage.

Sujet de droite.

Les Argonautes portant leur vaisseau sur
leurs épaules.
Entraves sur le chemin.

Sujet de gauche.

Les Argonautes recevant des vivres.
Voyage heureux.

Fleurs.

Carthamus, convolvulus, genévrier.
Avec des précautions et du courage, vous
surmonterez les difficultés d'un voyage difficile.

32.

HUIT DE CARREAU.

Démarches d'une personne bonne, serviable, pour procurer un emploi.

Grand sujet.

Ganymède présente aux Dieux l'ambroisie. Position assurée.

Sujet de droite.

Jeune homme étudiant. Réputation manquée faute de persévérance.

Sujet de gauche.

Institutrice faisant travailler des enfants. Orphelin recueilli.

Fleurs.

Chrysenthemum, gladiolus, silphium.
Avec vos talents et vos avantages physiques,
vous parviendrez à changer de position.

33.

SEPT DE CARREAU.

Vicissitudes.

Grand sujet.

La femme d'Epiméthée, ouvrant la boite d
Pandore.
Peines de toutes sortes.

Sujet de droite.

Un homme désespéré.
Mauvaises affaires.

Sujet de gauche.

Une mendiante.
Misère.

Fleurs.

Hypericum, cardiospermum, hellébore panaché.

Malheur à qui ne peut éloigner cette carte
de soi, elle présage la misère ou les revers les
plus terribles.

34.

SIX DE CARREAU.

Cette carte peut même démasquer un criminel, tant elle contient de noirceur.

Grand sujet.

Crocodile endormi; l'ichneumon s'insinuant dans son gosier pour lui ronger le cœur.

Homme pervers qui sait prendre tous les tons pour émouvoir et arriver aux perfidies qu'il médite.

Sujet de droite.

Une comète tombée.

Homme flétri par la fréquentation des scélérats,

Sujet de gauche.

Une femme qui pince de la guitare, et un homme qui bat le tambour.

Désunion, homme et femme dangereux et portés au mal.

Fleurs.

Rhododendrum, fraises et feuilles, bruyère.

Si vous 'n'êtes pas entièrement corrompu, fuyez les personnes que vous fréquentez, car leur vie est infâme.

35.

CINQ DE CARREAU.

Entêté, orgueilleux, médisant.

Grand sujet.

Phaéton, conduisant le char du Soleil, aperçoit le Scorpion se replier sur lui, la peur lui fait abandonner les rênes.

Mal avisé, ne voulant écouter aucun des conseils de la prudence.

Sujet de droite.

Deux femmes du peuple se querellant.

Perte d'emplois pour avoir médit de ses maîtres.

Sujet de gauche.

Homme de police assis à une table et écoutant.

Homme que l'inconduite, des idées repréhensibles ou mauvaise tête amènent entre les mains de la police.

Fleurs.

Trèfle ocre, giroflée, paronichia.

Cette carte donne une importante leçon de conduite aux personnes imprudentes et téméraires qui n'arriveront jamais au but qu'elles se proposent.

36.

QUATRE DE CARREAU.

Par l'amour vous acquerrez richesse et gloire.

Grand sujet.

Médée, belle et célèbre magicienne, remettant à Jason une fiole et des petits paquets de poudre.
Protection puissante.

Sujet de droite.

Jason jette une poudre au Dragon.
Assurance.

Sujet de gauche.

Jason jette de l'eau au Taureau furieux.
Effroi.

Fleurs.

Urtica, brionia, cercis.

Ne vous laissez pas abattre par les difficultés, bientôt vous atteindrez le but de vos désirs.

37.

TROIS DE CARREAU.

Affection, union traversée.

Grand sujet.

Castor et Pollux.
Amitié, union de famille.

Sujet de droite.

Un homme à cheval.
Après des chagrins de cœur, un voyage est ce que vous avez de mieux à faire.

Sujet de gauche.

Deux palmiers à côté l'un de l'autre et ne se touchant pas.

7

Amitié malheureuse et sans espérance d'u-
nion.

Fleurs.

Lierre enlaçant l'épine, seringa, romarin.
Vos souvenirs douloureux seront longs : cette
carte est l'emblème de la souffrance.

38.

DEUX DE CARREAU.

Conduite équivoque.

Grand sujet.

Un enfant assis sur un banc.
Fécondité, accouchement.

Sujet de droite.

Jeune fille devant la fée Miraïs.
Jeune fille fière de réparer sa faute.

Sujet de gauche.

Jeune fille devant Eugérie, déesse de la grossesse.
Jeune fille pleurant une faute irréparable.

LIVRE

Fleurs.

Gentiane, violette jaune, renoncule.

En attendant l'heureux avenir que vous espérez encore, vous pleurerez amèrement un bonheur évanoui.

39.

AS DE CARREAU.

Lettre ou nouvelle.

Grand sujet.

Harpocrate orné de rayons, assis sur le lotus, le doigt sur la bouche, remettant une lettre à Mercure.

Message, confidence.

Sujet de droite.

Anubis gardant des papiers.
Confident sûr et discret.

Sujet de gauche.

Argus lisant une lettre.

Confident, messager indiscret.

Fleurs.

Roseau, lythrum, rose unique.

Cette carte indique qu'il est nécessaire de vous mettre en garde contre l'indiscrétion des gens qui vous entourent.

40.

ROI DE PIQUE.

Homme de loi avec lequel on aura des affaires à régler.

Grand sujet.

Ménès présidant à un plaidoyer.
Procès.

Sujet de droite.

Mastigophore présentant une lettre de cachet.
Procès civil ou commercial.

Sujet de gauche.

Prisonnier à la grille d'une prison

Procès criminel.

Fleurs.

Tulipe, élium, canna.

Si cette carte est bien accompagnée, les angoisses qu'elle annonce cesseront dans un temps rapproché.

41.

DAME DE PIQUE.

Délaissement ou veuvage.

Isis en pleurs cherche son mari qu'elle trouve mort, caché sous un tamarin à fleurs blanches.

Femme pleurant la perte de son époux.

Sujet de droite.

Isis visitée par une femme âgée.
Consolation.

Sujet de gauche.

Un homme remplissant une lampe d'huile.
Perte d'un ami.

Fleurs.

Ruscus, polypodium, acacia.

La douleur que cette carte indique s'effa-
cera difficilement, toutefois on doit se garder
de l'impiété, car les secours de la religion
sont les seuls efficaces dans cette circonstance.

42.

VALET DE PIQUE.

Homme de savoir, instruit sur les lois et sur toutes les affaires de justice.

Grand sujet.

Un philosophe, une balance à la main, occupé à peser des matières.
Justice, égalité.

Sujet de droite.

Homme devant un juge.
Récriminations sans résultat.

Sujet de gauche.

Un juge fait un partage entre deux individus. Accord.

Fleurs.

Véronique, giroflée, pervenche.

Cette carte est bonne pour toute personne que l'injustice a fait souffrir, car elle indique qu'elle finira par trouver aide et protection.

43.

DIX DE PIQUE.

Vol, perte.

Grand sujet.

Laverne, déesse des voleurs, accompagnée de loups.

Il vous sera fait un vol plus ou moins considérable selon l'empire que vous laisserez prendre à ceux qui vous entourent, ou la latitude que vous leur donnerez.

Sujet de droite.

Une femme dérobe un objet sur un meuble. Vol de confiance.

Sujet de gauche.

Un renard, au milieu d'une basse-cour, dévorant une poule.

Quelqu'un observe vos actions, cherche à
pénétrer dans votre intérieur, pour savoir de
quelle manière il pourra vous tromper.

Fleurs.

Saxifrago fleurs et fruits, berberis, garcinia.

L'ordre que vous mettrez dans vos affaires et
la fermeté dans vos actions pourront dépister
le voleur qui vous poursuit.

44.

NEUF DE PIQUE.

Chagrin, peines morales, retard pour revenir à la tranquillité.

Grand sujet.

Hélène au milieu de ses femmes, occupée à une broderie, dissimule son désespoir, Isis lui apporte une nouvelle.

Femme songeant au malheur qu'elle cause.

Sujet de droite.

Les flèches d'Hercule. Le talisman de Vénus.

Heureuse fatalité. Femme coupable sauvée par le talisman de Vénus.

Sujet de gauche.

Achille reçoit de Thétis sa mère des armes fabriquées par Vulcain.

Courir à sa perte.

Fleurs.

Epilobium, rose à cent feuilles, bluet.

Après bien des souffrances morales et des incertitudes atroces sur le sort qui vous attend, lorsque des remords incessants vous auront tourmenté l'esprit, vous finirez par être réhabilité.

45.

HUIT DE PIQUE.

Pleurs causés par la perte d'un objet aimé.

Grand sujet.

Achille traîne à son char le corps inanimé d'Hector autour des murailles de Troie.
Résultat de la vengeance d'un ennemi.

Sujet de droite.

Les os de Pélope et le talisman de la Lune.
Heureuse fatalité. Un obstacle sera surmonté par la faveur de la Lune.

Sujet de gauche.

Andromaque agenouillée près de la tombe de son époux.

Famille en pleurs.

Fleurs.

Orchis, taraspic, cardanus.

Cette carte est triste pour le fort comme
pour le faible; celui qui triomphe aujourd'hui
sera bientôt abattu.

46.

SEPT DE PIQUE.

Espérance sur une idée conçue.

Grand sujet.

L'artiste introduisant la matière brute dans l'œuf philosophique.

Premières démarches pour l'exécution d'un mariage.

Sujet de droite.

Jeune fille parlant à un ouvrier.

Elle se croit aimée et compte sur vos promesses.

Sujet de gauche.

Une jeune fille simple sortant de son village.

Cette femme est l'objet de votre choix.

Fleurs.

Avoine, pione, rose bâtarde.

Cette carte indique démarches et demande en mariage.

47.

SIX DE PIQUE.

Tromperie dont on ne s'apercevra que quand il ne sera plus temps.

Grand sujet.

Cheval de bois entrant sous la porte de Cée, suivi de troupes.
Evénement désastreux.

Sujet de droite.

Pyrrhus à cheval, talisman de Jupiter.
Heureuse fatalité. Par la vertu du talisman de Jupiter, vous obtiendrez ce que vous désirez.

Sujet de gauche.

Briséïs au lit de mort de Patrocle.

Vous souffrirez de l'effet d'une discorde qui n'est pas de votre faute.

Fleurs.

Gotha, papaver, junisperus.

Vous êtes menacé par cette carte de tomber victime d'une ruse infernale. Le talisman de Jupiter, que je vous conseille de posséder, seul peut empêcher votre perte.

48.

CINQ DE PIQUE.

Jeune homme insouciant pour son avenir, essayant de tout et ne s'appliquant à rien.

Grand sujet.

Le centaure Chiron vient de mourir, la flèche qui l'a blessé est encore dans sa poitrine. Il est métamorphosé au ciel en sagittaire.

Caractère sauvage, fantastique, que la mollesse et l'insouciance dominent ; avec de grandes connaissances, vous resterez sans avenir.

Sujet de droite.

¡ Un jeune homme des ailes au poignet droit et un poids au poignet gauche.

Entraves insurmontables.

Sujet de gauche.

Un chasseur sans gibier.

Fleurs.

Personne de malheur; le succès ne peut l'atteindre.

Œillet jaune, framboise, urmu.

Cette carte annonce un triste avenir, dont la cause ne sera autre chose que l'insouciance et le manque de savoir-faire.

49.

QUATRE DE PIQUE.

Artifice que la jalousie suggère.

Grand sujet.

Junon, déguisée en vieille, vient persuader à Sémélé d'exiger que Jupiter se fasse voir à elle dans toute sa splendeur.

Conseil perfide dans le but de perdre une rivale.

Sujet de droite.

Jupiter, environné de sa foudre, tombe dans le palais de Sémélé pendant son someil.

Jalousie satisfaite.

9

Sujet de gauche.

Monceau de paille auquel un enfant met le feu; on ne voit que la fumée.
Jalousie en défaut.

Fleurs.

Sedum, helianthe, gossipium.
Cette carte indique des piéges tendus, dont on ne saurait trop se défier.

50.

TROIS DE PIQUE.

Maladie grave, danger de mort.

Grand sujet.

Les trois Parques, Clotho, Lachésis et Atropos.
Existence incertaine.

Sujet de droite.

Atropos coupe le fil.
Mort prématurée.

Sujet de gauche.

Lachésis file.

Vie longue et tranquille.

Fleurs.

Cyperus, buis, laurier.
La personne poursuivie par cette carte doit
gouverner sa vie avec prudence.

51.

DEUX DE PIQUE.

Confidence, secrets dont on se servira.

Grand sujet.

Les princes grecs viennent consulter Calchas le divin.
Avis salutaires.

Sujet de droite.

Un faisceau d'armes.
Commencement d'hostilités.

Sujet de gauche.

Les cendres de Laomédon dans une urne au-dessous de laquelle est le talisman de Saturne.

Le talisman de Saturne est d'un heureux secours pour toute vengeance à accomplir.

Fleurs.

Sempervivum, ribes, melustoma.
Un orage se prépare ; vous en serez victime.

52.

AS DE PIQUE.

Conduite équivoque, rendez-vous nocturne.

Grand sujet.

Jupiter changé en taureau pour enlever Europe.

Désespoir dans une famille par l'inconduite d'un enfant, enlèvement d'une fille.

Sujet de droite.

Un homme seul à une table, un verre à la main.

Homme débauché.

Sujet de gauche.

Une femme suspecte.
Prostitution d'une jeune fille.

Fleurs.

Poronichia, lycopodum, pois de senteur.
Cette carte, qui représente des passions bru-
tales, annonce des désordres dont les résultats seront funestes.

LE DIABLE.

Emblème d'un mauvais génie.

Cette carte prédit qu'on fuira la société des bons pour fréquenter celle des méchants.

Sujet de droite.

Epée de l'ange Gabriel.

Embarras et chagrins qui vous surviendront, mais dont vous triompherez assurément.

Sujet de gauche.

L'ange de la justice.

Secours et protection.

Fleurs.

Chardon fleuri.

Si le consultant est pauvre, il aura la vanité de vouvoir passer pour riche.

En regard de chaque carte se trouve un signe cabalistique, dont voici l'explication particulière :

1, qui se trouve au roi de trèfle, est l'emblème de la perfection, de la stabilité, de la constance, du courage; il représente aussi le numéro 1, la source de tous les nombres.

2. Emblème de la désunion et des procès, enfin pour abréger des détails qui deviendraient ennuyeux, nous dirons que, suivant l'ordre des cartes, les numéros auront la même marche.

3. Signe de la concorde.

4. Emblème de la perfection, réussite infaillible.

5. Emblème du mariage.

6. Symbole de la puissance, de la force,

7. Caractère décidé.

8. Longue vie dans une profession honnête, paisible et peu brillante.

9. Symbole de la douleur.

10. Ce nombre est un présage que les entreprises qu'on formera auront une pleine réussite.

11. Ce nombre n'a rien de commun avec les choses divines et célestes ; comme il suit immédiatement le nombre excellent 10, il indique le passage du bien au mal, la transgression d'un précepte, d'une loi. C'est pourquoi on l'appelle le nombre des traîtres et des criminels.

12. Ce nombre est l'emblème de la fécondité, de l'ordre dans les affaires.

13. Ce nombre chez les modernes est réputé funeste, il présage les attaques à main armée, vol sur des grands chemins.

14. Favorable, mais d'une très-faible vertu.

15. Il est l'emblème de la jeunesse, de la beauté, de la grâce.

16. Il participe des bonnes qualités de ses composants 10 et 6, et surtout de 4.

17. Il était un objet d'horreur pour les anciens théologiens, et chez les Romains l'emblème du deuil.

18. Il présage la fin d'une mauvaise situation, une sortie de prison.

19. Il pronostique un commencement d'amélioration dans une maladie, dans des mauvaises affaires, et à cause de 10, un de ses composés, il est un indice qu'on sera prochainement heureux au jeu.

20. Ce nombre pronostique la perte d'une somme d'argent, une trahison, un guet-apens, une maladie incurable contractée par imprudence.

21. Pour le pronostic de ce nombre (voir 3 et 7).

22. Il présage des fautes graves dont on sera puni sévèrement.

23. Est le pronostic d'un changement de mal en bien.

24. Il est l'emblème d'une sagesse dans le conseil.

25. C'est le carré de 5... L'ange Gabriel se présenta à la Vierge le 25 mars, et le 25 décembre naquit le sauveur du monde. Il présage que des amis, des voisins viendront en aide au consultant dans une position difficile.

26. Il est le double de 13; présage la

perte d'un vaisseau, d'une marchandise, un abus de confiance.

27. Il présage qu'on saura conserver son bien ou l'emploi qu'on aura obtenu.

28. Il passe pour un des plus parfaits; c'est le symbole de la modération, de la sagesse, de l'entrée dans la voie de la perfection.

29. Presque nul, on peut le considérer avec quelque raison comme de mauvais augure, présageant des infirmités, une maladie de langueur.

30. Ce nombre signifie qu'on éprouvera des contrariétés au commencement d'une entreprise, d'un essai, d'un voyage, mais qu'enfin, après avoir surmonté tous les obstacles, on obtiendra des résultats satisfaisants.

31. Il est l'emblème d'un mariage bien assorti, d'une amitié inaltérable.

32. Il annonce qu'on sera ébloui par les succès qu'on obtiendra d'abord dans les poursuites d'un procès, d'un emploi; mais qu'on aura à combattre un adversaire redoutable qui triomphera si on n'emploie tous les moyens possibles pour rendre ses tentations vaines.

33. Il présage la naissance de deux jumeaux, un mariage prochain.

34. Il pronostique l'amitié d'un homme influent et dévoué, qui fera réparer les torts qu'on aura éprouvés au moment où l'on n'avait plus d'espoir d'obtenir justice.

35. Emblème de l'harmonie.

36. Il pronostique que le consultant fera partie d'une grande association pour l'exploitation d'un vaste commerce, dans une contrée lointaine.

37. Il influe sur les mariages et les destinées de l'enfance.

38. Défavorable, il est le symbole de l'impuissance.

39. Il est l'emblème d'une jeunesse dissipée et d'une vieillesse accablée d'infirmités.

40. Il est le signe caractéristique du développement complet du cerveau, du plus grand degré de sagesse et de talent auquel l'homme peut ordinairement arriver.

41. Il pronostique une vie semée d'écueils, de revers, de contrariétés, qui finira par un bien-être de courte durée, lequel se terminera par la mort.

42. Il est le symbole de la vengeance, des châtiments.

43. Il pronostique la découverte d'un débiteur solvable et de mauvaise foi, et qui sera forcé de satisfaire à ses engagements.

44. Il présage que le consultant fera un petit héritage, que, dès ce moment il s'adonnera à la débauche, et finira ses jours à l'hôpital... Avertissement.

45. Le consultant s'embarquera de bonne heure pour l'Amérique et qu'il s'y mariera avantageusement.

46. Symbole de la restauration et du rétablissement.

47. Il présage solde, étourderie, insuccès, faute de prudence.

48. Présage que le consultant, sorti d'une famille pauvre et obscure, acquerra une fortune immense.

49. Pronostique que le consultant aimera passionnément le savoir, qu'il sera jurisconsulte profond.

50. Est l'emblème du repentir, des punitions, des châtiments, et aussi du pardon : c'est, en

effet, en récitant le 5ᵉ psaume qu'on espère flé-
chir la colère de Dieu.

51. Il présage le désappointement du consultant qui aspire à être élu chef d'une adminis-
tration industrielle.

52. Il pronostique un mariage contracté dans
l'âge mûr entre deux personnes d'esprit.

MANIÈRE

DE SE.SERVIR DES 55 TABLEAUX.

La carte du consultant ou de la consultante n'a aucune valeur, seulement elle représente celui ou celle qui consulte l'oracle (si c'est un homme qui interroge le jeu, la carte représentant la consultante est mise de côté, il en sera de même à l'égard de l'une ou de l'autre) le diable porte le numéro zéro qui est le symbole de néant.

Battez le jeu, faites couper par la personne pour qui vous tirez les cartes. Cette opération faite, étendez vos cartes sur la table, et faites 15 au hasard, que vous placerez de droite à gauche suivant l'ordre de leurs sorties.

Ensuite faites en l'explication suivant la valeur de chaque tableau.

Cette explication terminée, on additionne les chiffres des quinze cartes :

Le consultant ou consultante.	0
Dame de trèfle	2
5 de pique	48
Roi de cœur.	14
7 de pique.	46
Valet de carreau.	29
8 de trèfle.	6
6 de carreau.	34
As de carreau.	39
4 de cœur.	23
6 de trèfle.	6
6 de cœur.	21
2 de carreau.	38
7 de trèfle.	7
4 de trèfle.	10

Total............ 323

Lequel nombre étant divisé par 12 donne

pour quotient 26 plus$\frac{11}{12}$. Cela signifie que les faits que l'on vient de prédire s'accompliront dans le délai de 26 jours$\frac{11}{12}$ ...

FIN.

DANS LE MÊME MAGASIN, L'ON TROUVE :

Le Grand Etteilla ou Tarot Égyptien.

Le Petit Etteilla.

Le Petit Oracle des Dames.

Le Petit Sorcier.

Le Tarot Allemand.

Le Tarot Italien.

Et généralement tout ce qui a rapport à la Cartomancie.

Paris. — Typographie de Gaittet, rue Git-le-Cœur, 7.

www.ingramcontent.com/pod-product-compliance
Lightning Source LLC
Chambersburg PA
CBHW060820250626
47162CB00005B/1870